AF392586

Kohana Kimura

# Récits d'Orsinaë : Yanski

AUTOÉDITION

Le Code français de la propriété intellectuelle interdit les copies ou reproductions destinées à une utilisation collective. Toute représentation ou reproduction intégrale ou partielle faite par quelque procédé que ce soit, sans le consentement de l'auteur ou de ses ayants droits ou ayants cause, est illicite (alinéa 1 er de l'article L.122-4) et constitue une contrefaçon sanctionnée par les articles L.425 et suivants du Code Pénal.

Couverture élaborée par Kohana Kimura

Crédits : texturex.com, dafont.com

© Kohana Kimura, 2017

ISBN : 979-10-96958-03-0

# Remerciements

Pour la deuxième fois, Chris s'est prêté au jeu de la bêta-lecture. Merci beaucoup pour ce temps accordé et ce retour.

Encore et toujours, un grand merci à mes Secteuses adorées. Que de chemin parcouru !

Enfin, un très grand merci aux premiers lecteurs de Tendanô. Dévoiler le fruit d'un long et difficile travail marque toujours une étape importante dans la vie d'un auteur. Je suis ravie que ce premier voyage au cœur d'Eldalarya vous ait tant plu.

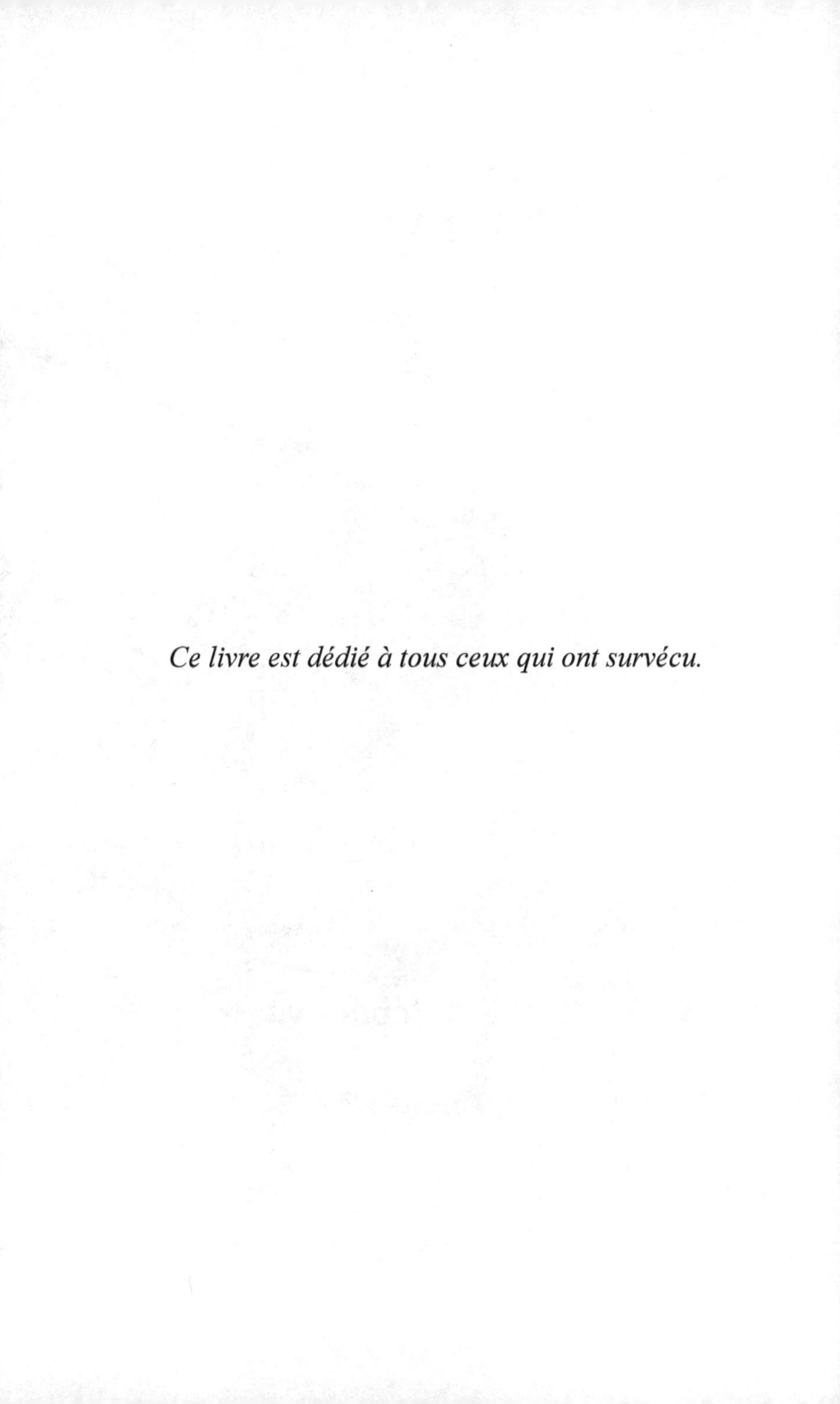

*Ce livre est dédié à tous ceux qui ont survécu.*

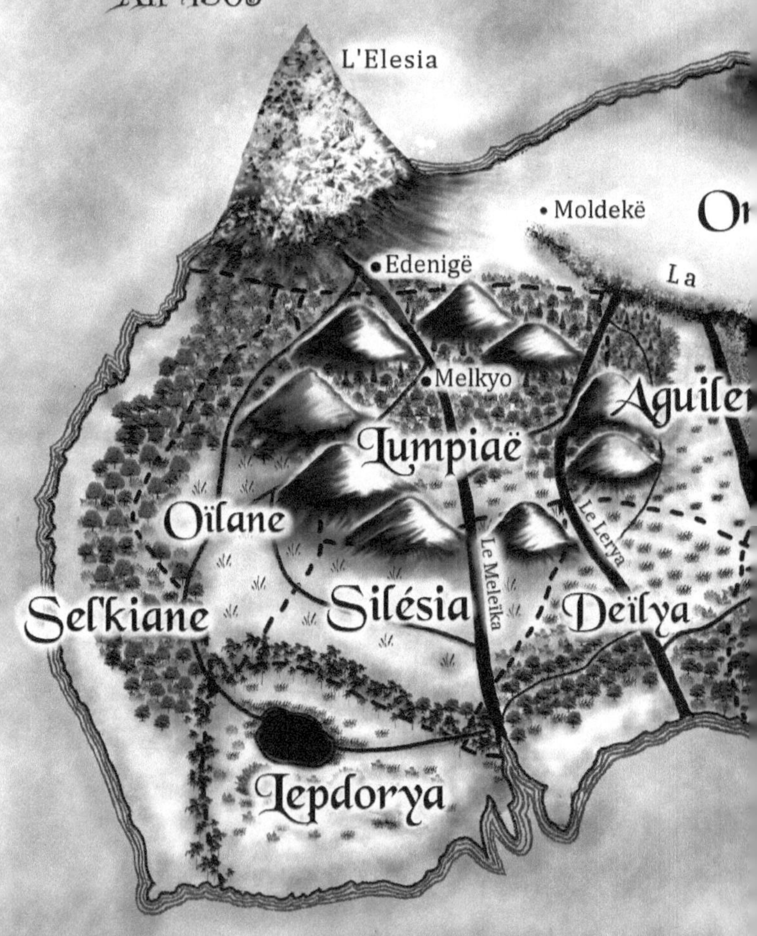

Eldalarya
An 4503
L'Elesia
Moldekë
Or
Edenigë
La
Melkyo
Aguile
Lumpiaë
Oïlane
Le Lerya
Selkiane
Silésia
Le Meleïka
Deïlya
Lepdorya

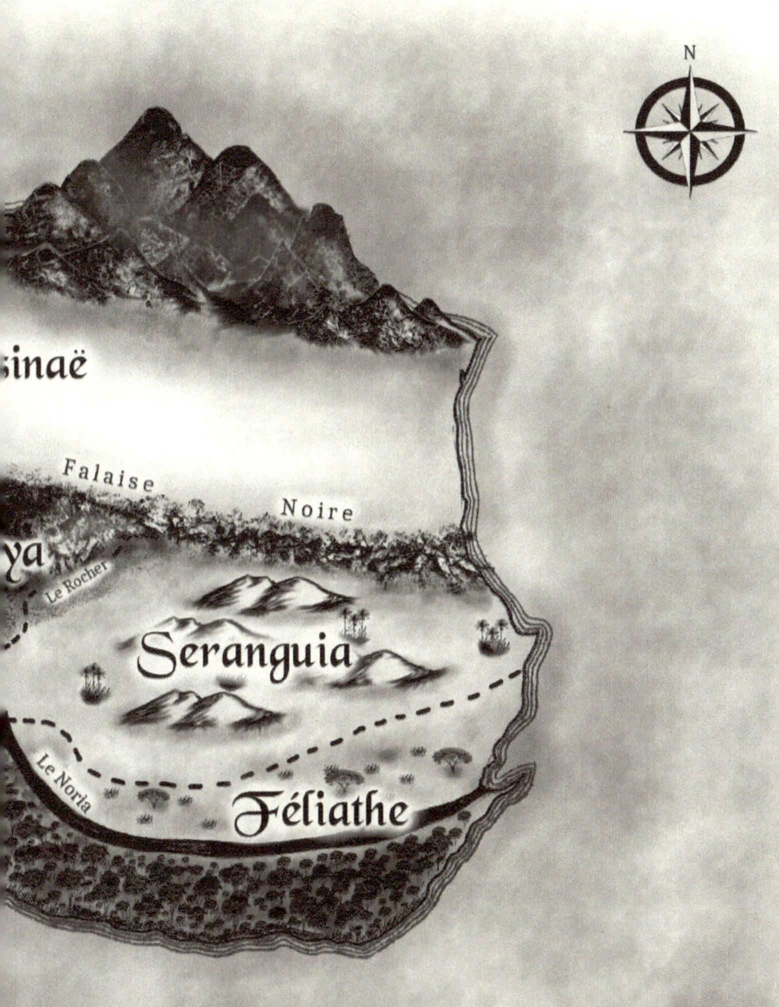

N
sinaë
Falaise
Noire
ya
Le Rocher
Seranguia
Le Noria
Féliathe

# CHAPITRE 1

Le tintement métallique du fer sur la roche résonnait à un rythme régulier dans l'espace réduit, donnant l'impression que les entrailles de la terre possédaient plusieurs cœurs. Seul l'écho des respirations rauques brisait le martèlement répétitif des outils.

De petites lanternes disposées çà et là éclairaient la mine d'une faible lueur. Des ombres massives dansaient sur les parois grises. Malgré les gouttes de sueur qui perlaient sur les fronts, la buée qui s'échappait des lèvres gercées trahissait la prédominance du froid intense.

L'un des travailleurs posa sa pioche à ses pieds, puis se saisit de la gourde en peau qui pendait à sa ceinture. Il accueillit avec contentement la fraîcheur de l'eau qui courait le long de son gosier asséché.

Yanski, comme ses camarades, appartenait à la race des Ornésiens. Issus du Dieu-Souverain Jorgas, divinité primale à l'apparence d'ours, ils étaient connus pour leur carrure impressionnante, leur grande force physique et leur résistance. Fier de ses origines, l'homme avait laissé pousser sa barbe et ses cheveux châtains, ce qui accentuait sa ressemblance avec cet animal.

Le mineur profita de cette pause pour regarder autour de lui. Les ombres transformaient les rictus d'effort de ses compagnons en masques terrifiants.

À les voir ainsi, Yanski éclata de rire. Le vacarme ambiant n'empêcha pas le son tonitruant qui sortit de sa poitrine d'en faire sursauter plus d'un. Les autres ornésiens l'observèrent, interloqués. Certains avaient porté à leur bouche des doigts égratignés qui avaient ripé sur la pierre sous l'effet de la surprise. Yanski en devint encore plus hilare. Il rit tellement qu'il finit par se tenir les côtes.

— T'as pris un éclat sur la tête ? grogna son compagnon le plus proche, un gaillard aux longs cheveux blond paille qui tenta de lui donner un coup sur l'épaule.

— Moi, je suis sûr que ça vient de sa gourde, déclara le membre le plus âgé, les traits marqués par une vie de labeur. Il a craqué après avoir bu dedans. Elle doit contenir une quelconque herbe bizarre de Lep'dorya. Faut se méfier de ce qu'on achète dans ce pays, paraît que les Léporiens sont étranges.

Yanski essuya une larme qui coulait de son œil droit, s'efforça à ne pas laisser un nouvel éclat de rire s'échapper et parvint enfin à se calmer.

— Vous verriez vos têtes, rit-il d'une voix grave et chaleureuse. Elles sont horribles.

Les autres le considérèrent en silence, incapables de détecter le comique de la situation.

— Bah, je préfère la mienne à la tienne, reprit son voisin après quelques instants. Quand je te regarde là, j'ai l'impression d'être devant… Voilà quoi.

Un sourire au coin des lèvres, il laissa sa phrase en suspens. Se remit à piocher. Tous attendirent la suite. Yanski, qui avait tout à coup retrouvé son sérieux et sentit le sang lui monter à la tête, s'approcha de lui.

— T'as l'impression de voir quoi ?

Les coups s'interrompirent. L'homme se retourna avec lenteur. Il chuchota sa réponse comme si elle devait demeurer secrète.

— Un Sélien.

La remarque provoqua l'hilarité générale. Seul Yanski y échappa, le visage rouge de colère, les poings serrés. Pour un Ornésien, le nom de Sélien, celui du voisin, de l'ennemi de toujours, relevait de la pire des insultes. Il s'apprêtait à lui dire sa façon de penser quand une violente secousse les projeta au sol.

La peur naquit chez les mineurs pendant les quelques secondes qu'elle dura. Quand elle s'arrêta, ils se redressèrent, prêts à affronter le danger. Yanski, malgré les pulsations de son cœur résonnant dans ses tempes, posa sa main droite contre la paroi pour tenter de comprendre.

Des picotements chatouillèrent la pulpe de ses doigts. L'impression familière d'une fusion entre sa peau et la roche se répandit le long de son bras. Son esprit n'y perçut aucun écho, un contact tactile laissé sans réponse. Il soupira. La terre demeurait avare en informations, comme toujours. Ainsi se passaient les choses, dans ce coin du monde.

Les Terres Glacées Éternelles. Une zone immense qui occupait toute la partie ouest de leur pays, Orsinaë, qui lui-même se trouvait tout au nord d'Eldalarya, le continent unique. Les habitants surnommaient cet endroit les Silencieuses Agitées, en lien avec la nature paradoxale de la région.

Elle dissimulait en son sein une lutte ancestrale, celle qui opposait le feu des volcans dressés à plusieurs centaines de kilomètres de là, à l'extrême nord-est, à la caractéristique même du sol rocheux, gelé jusqu'à une profondeur insondable depuis des millénaires. Une conséquence d'un affrontement divin entre Jorgas l'Ours, maître de la Terre, et son frère et voisin Merakos le Dragon, manipulateur du Feu.

Les volcans n'avaient plus montré d'agitation depuis plusieurs siècles, mais ils n'étaient pas éteints. Les mineurs attendirent, immobiles, pendant plusieurs minutes. Leur souffle demeura court, leurs sens en alerte. Mais en l'absence de répliques et d'un signal venu de la surface, ils reprirent le travail en silence.

C'était la première fois que Yanski vivait une telle expérience. Une partie de ses sens restèrent sur le qui-vive un bon moment. L'ornésien n'était pas rassuré. Il regardait sans cesse autour de lui, dans la crainte que la galerie s'effondrât. Il avait déjà entendu une ou deux fois des rumeurs d'événements similaires dans d'autres coins du pays, mais il n'aurait jamais pensé connaître cela. Fort heureusement, le reste de la journée se déroula sans incident.

Au son de la cloche, la plupart des hommes se dirigèrent vers la sortie, à l'exception de Yanski, qui s'acharnait sur une brèche.

— Tu viens, Yanski ?

J'arrive, j'aimerais finir de détacher ce bloc. Tu sais bien que je déteste partir sans avoir terminé.

— Comme tu veux, mais ne te plains pas si tu te fais encore enguirlander par ta femme.

— T'inquiètes pas, il me reste peu à extraire.

— D'accord, alors à demain.

— Oui, à demain.

Yanski se remit à l'ouvrage, à présent seul. Dans cette région, travailler dans une mine représentait l'un des rares moyens de subsistance. Chaque village possédait la sienne, plus ou moins importante. La roche qui composait le sol des Terres Glacées Éternelles était l'unique ressource à disposition. Revendue au reste du continent, elle permettait d'obtenir tout ce qui leur manquait : de la nourriture, du bois, des vêtements, des herbes médicinales. Le rôle de Yanski consistait à extraire des blocs de taille moyenne qui devait servir à construire des bâtisses, ailleurs sur Eldalarya.

Sa tâche s'avéra compliquée, comme à l'accoutumée. Têtu, il s'acharnait sur une zone gelée plus récalcitrante, grognant sous l'effort. Un défi personnel dont personne ne connaissait l'existence. Le sentiment d'avoir accompli quelque chose d'essentiel et l'envie de rompre avec la monotonie quotidienne étaient les seuls bénéfices qu'il en tirait. Il parvint à déloger la masse rocheuse de la paroi avant que sa lampe s'éteignît. Il pesta. Il entendit d'ici sa femme lui passer un savon. Comme à chaque fois.

Mais il ne pouvait pas s'en empêcher. Il espérait toujours pouvoir aller plus vite que la combustion de l'huile par la flamme.

Maugréant, il rangea ses affaires et entreprit la remontée. Celle-ci s'effectuait par le biais d'une longue pente qui serpentait en colimaçon depuis les parties les plus profondes de la mine jusqu'à atteindre l'air libre. Elle possédait une inclinaison douce afin de faciliter le déplacement des hommes et des chariots de transport.

À mi-chemin, tandis qu'il se demandait comment adoucir son épouse une fois rentré, il s'arrêta. Grogna. Une odeur étrange flottait dans l'atmosphère, agressait ses narines. Une odeur qui lui laissa un goût métallique dans la bouche.

— Ça sent le sang, chuchota-t-il pour lui-même.

Le sang frais. Et autre chose. Yanski avança avec prudence vers la sortie. Il concentra son ouïe. Les craquements minimes mais multiples du sol. Le frottement de ses vêtements de peau. Rien de plus. Il ne perçut aucun battement de cœur malgré la force de l'effluve.

Au travers d'un trou d'aération placé au plafond, le ciel nocturne apparu, identique à ce qu'il était toutes les nuits. La toile noire affichait des lueurs familières : au-dessus d'Orsinaë, elles étaient blanches à l'ouest, mauve-vert à l'est. Les couleurs de Jorgas et de Merakos. D'autres teintes illuminaient la calotte céleste ailleurs sur Eldalarya, moins décelables, comme si un toit intangible recouvrait le pays.

Cette ouverture n'apporta pas de réponse à ses questions. Il poursuivit sa progression.

Un étrange rougeoiement se reflétait sur la paroi face à l'entrée de la mine, dans le dernier tournant. Yanski ne pouvait pas encore voir la source de cette lumière inhabituelle. Un frisson parcourut son échine. Il apposa sa main droite sur le mur. Ses doigts picotèrent. Le lien se fit un peu plus brutal, l'énergie de sa paume attira la matière. Un léger craquement se fit entendre. Il serra avec fermeté le long pic qu'il avait extrait, sans se laisser distraire par la morsure du froid dégagé par l'arme nouvellement créée.

Il adressa une prière silencieuse à son dieu, grâce auquel il possédait lui aussi, comme ses congénères, le Lien de la Terre.

À mesure qu'il approcha, sa visibilité diminua. Ses yeux piquèrent, se fermèrent par réflexe. Des larmes s'échappèrent. En partie aveuglé, il perçut la froideur de l'air extérieur sur sa peau. Il parvint à identifier l'autre odeur repérée avec celle du sang. La chair brûlée. Sa gorge et ses poumons s'en irritèrent. Son cœur s'emballa. Il toussa. S'efforça à entrouvrir ses paupières. Malgré la fumée, il réussit à distinguer des taches rouge-orangé responsables de l'étrange luminosité. Elles dégageaient une très forte chaleur.

Il avança, toujours à l'écoute de ses sens. Il semblait seul. Difficile d'en être sûr alors que ses paupières clignaient et que son odorat lui faisait défaut. Son pied gauche buta contre quelque chose, manquant de le faire tomber. Il baissa la tête, plissa les yeux. Son sang ne fit qu'un tour. Sa respiration se bloqua. Il eut l'impression soudaine de flotter, enveloppé d'une ombre lourde et menaçante.

Une petite dizaine de corps se trouvaient là, pêle-mêle. Chacun d'eux portait encore un paquetage sur le dos. Il devinait les restes des bretelles. Yanski reconnut les autres mineurs. Ses compagnons. Tous morts.

Il déglutit. Dans un sursaut de sang-froid mêlé à son instinct de survie, l'ornésien s'efforça à étudier les dépouilles pour comprendre la raison de leur décès. Des mutilations atroces recouvraient la plupart des cadavres. Aucune lame n'était responsable de ces blessures. La chair avait brûlé. Yanski bloqua sur ce qui était à l'origine l'emplacement de leurs abdomens. Un amas informe et sombre avait pris la place des entrailles.

Il ne put en supporter davantage. Il tomba à genoux et vomit, encore et encore. Chaque fois qu'il levait les yeux pour reprendre son souffle, il les voyait. Des larmes coulèrent le long de ses joues. Elles mêlaient souffrance physique et tristesse insoutenable. Des spasmes continuèrent durant plusieurs secondes de torturer son estomac désormais vide.

Ses doigts se crispèrent sur sa lance glacée. Il se remit debout avec difficulté. Se détourna de la scène cauchemardesque. Avancer. Oublier. Il devait effacer ces images, trouver de quoi l'empêcher de devenir fou. Il regarda plus loin, à la recherche d'une des taches colorées. À mesure qu'il s'approcha de l'une d'elles, titubant, il sentit les gouttes de sueur se multiplier sur son front.

Il n'entendit pas le crépitement caractéristique du feu. Juste un léger gargouillement. Yanski s'arrêta du fait de la chaleur. Sa visibilité s'était améliorée. Devant lui s'étalait une grosse flaque de lave.

— Comment est-ce possible ?

Il repensa à la secousse qui les avait ébranlés plus tôt dans la journée. Une poche de magma avait-elle explosé et libéré son fluide meurtrier ?

Non, impossible. Le tremblement de terre avait eu lieu bien avant la remontée de ses camarades. S'il s'était produit si près, lui et les autres hommes auraient compris. Plusieurs galeries couraient en dessous ; elles se seraient effondrées.

Il sonda le sol, sans trouver de cratère à proximité. Cela n'expliqua pas l'odeur de sang frais. La chaleur aurait cuit le flux écarlate en un instant. Les jambes flageolantes, il suivit la piste grâce à la toute-puissance olfactive de son nez. Elle le mena un peu à part des flaques de lave.

Après ce qu'il avait vu à la sortie de la mine, Yanski se prépara au pire. D'autres corps gisaient bien là. Ceux des hommes qui travaillaient à la surface. Ils se trouvaient près du lieu de stockage des blocs de pierre.

Leurs blessures différaient de celles observées plus tôt, bien qu'elles lui fendissent tout autant le cœur. Des incisions nettes et profondes marquaient la gorge de certains. Ils avaient dû se vider de leur sang en quelques instants. D'autres portaient des traces de perforation à l'abdomen.

Cela ressemblait à une attaque. Mais qui ? Et pourquoi ? Il pensa aux ennemis de son peuple. Depuis toujours, les siens apprenaient dès l'enfance à se méfier des Séliens. Toutes les informations à leur sujet se transmettaient de génération en génération. Les Ornésiens avaient reçu un entraînement militaire spécifique contre ces possesseurs du Lien de l'Eau.

Les habitants situés près de la frontière avec Sel'kiane et sur les côtes étaient les plus exposés. Les Séliens possédaient une physiologie qui les obligeait à demeurer non loin d'une source d'eau liquide. Océan, rivières, fleuves : la région des Terres Glacées Éternelles n'avait rien de tout cela. La neige n'apportait rien aux Séliens. Il était impossible pour eux de venir ici.

Et ils ne tranchaient pas la gorge de leurs ennemis.

# CHAPITRE 2

Une lueur qui s'élevait vers le ciel, à plusieurs kilomètres, interrompit sa réflexion. L'homme l'observa, hypnotisé. Il se souvint. Cette étrange lumière provenait de son village.

La panique l'envahit. La gorge serrée, la tête comme prise dans un étau, il courut. Trébucha. Les Ornésiens étaient rapides sur une courte distance, mais il était encore en état de choc. L'image de sa femme et de son fils apparut devant ses yeux. Il oublia sa fatigue. Tout ce qu'il venait de voir. Il devait se dépêcher. Ses larmes redoublèrent, accompagnées d'un cri bestial.

La nuit rendait le paysage davantage uniforme que le jour. Un vaste désert glacé à peine brisé par les ombres des nunataks disséminés de-ci, de-là. Il avait l'impression de ne pas progresser. Ses jambes et ses poumons brûlaient. Son souffle s'échappait en sifflements plaintifs. Il luttait contre son corps. Une pensée finit par surpasser les autres : il n'arriverait jamais à temps.

Séliana, Yonak… Auraient-ils le temps de s'enfuir ? Des hurlements parvinrent jusqu'à lui. Les petites maisons brûlaient. Des flammes gigantesques s'élevaient de part et d'autre. Il ne vit aucun assaillant. Ils devaient pourtant se trouver là, quelque part. L'attaque paraissait si récente.

Mais, à ce moment-là, une seule chose comptait pour lui. Il suivit une direction précise, sans se préoccuper des torches humaines qui exécutaient une danse macabre devant lui, avant de s'effondrer et d'emporter avec elles leurs complaintes lugubres.

Il arriva devant sa maison. Le feu avait ravagé une grande partie du toit en peau et de la charpente de bois. L'entrée était normalement marquée par un tunnel, sorte de sas de sécurité empêchant la chaleur de s'échapper. Mais celui qu'il avait construit de ses propres mains était déformé, tordu. La matière sembla avoir été attirée à l'intérieur, condamnant l'ouverture.

La main apposée sur la roche, il se concentra tant bien que mal. Il se servit de son Lien pour repousser la pierre. Le bloc se résorba dans le sol. Il pénétra chez lui à genoux. Fouilla du regard la pièce enfumée. S'arrêta net. Ses lèvres, haletantes, prononcèrent, répétèrent en silence le prénom de personnes qui ne l'entendraient plus jamais.

Il rampa avec difficulté, sans se préoccuper des jouets en bois et de la vaisselle brisée éparpillés sur les fourrures recouvrant le sol. Un sanglot. Puis un autre. La boule qui comprimait sa gorge refusait de partir.

Un bourdonnement monta à ses oreilles. Puis ce fut le silence. Tout ce qui se trouvait autour de lui n'existait plus. Le son de ses propres mouvements ne lui parvenait plus.

Ils étaient là, tous les deux. Séliana assise sur le grand lit, contre le mur en pierre. Yonak blotti tout contre elle, son petit visage posé sur son épaule. La jeune femme l'enlaçait de toutes ses forces. Les yeux clos, ils donnaient l'impression de dormir.

Mais le sang échappé de leurs lèvres envoyait un autre message. De même que la longue pointe de pierre qui sortait d'eux, les maintenant l'un contre l'autre. Yanski la fixa. Repensa à ce rempart de roche qui avait entravé son entrée. Et il comprit. Il comprit ce qu'il s'était passé.

Cela ne pouvait être qu'un geste désespéré de Séliana. Son épouse avait utilisé le Lien de la Terre pour barricader leur maison. Puis les flammes avaient attaqué la toiture. En danger si elle et Yonak avaient tenté de s'échapper. En danger s'ils étaient restés à l'intérieur. Piégés. Séliana avait choisi la voie qui les ferait le moins souffrir. Il ne voyait pas d'autre explication.

Il s'approcha davantage, tendant ses doigts vers eux. Il effleura leurs cheveux châtains. Pleura de tout son soûl lorsqu'il se risqua enfin à les enlacer.

— Non. Non, murmura-t-il.

Il espérait qu'ils se réveillassent au son de sa voix. Il posa sa main sur l'excroissance rocheuse pour la faire disparaître au plus vite. Comme si ce simple geste pouvait les ramener. La pierre se résorba dans le mur avec un chuintement ignoble. Yanski serra plus fort les deux corps pour empêcher qu'ils s'effondrassent.

Mais cela n'eut aucun effet. Ses proches demeuraient inertes. La paroi sur laquelle ils avaient été appuyés affichait une trace sombre à l'endroit d'où le pic avait été extrait.

Il tenta d'ignorer l'odeur de sang. Cette dernière le ramenait à une réalité qu'il refusait. Un craquement, puis un coup sourd le firent sursauter. Un morceau de bois carbonisé venait de s'effondrer, menaçant de mettre le feu aux fourrures.

Cela aurait été facile de rester là et de laisser la mort l'emporter avec les siens. Mais cela aurait signifié abandonner leurs dépouilles aux flammes. Or, lors de leur décès, si les Ornésiens voulaient que leur énergie rejoignît leur élément, rejoignît le Dieu-Souverain Jorgas, ils devaient être ensevelis.

Il ne savait que faire. Une nouvelle plainte s'échappa de la charpente. Tout risquait de s'effondrer d'un moment à l'autre. Yanski serra sa femme et son fils. Embrassa leurs cheveux, leur front. Les allongea sur le matelas. Descendit du lit. Tant pis pour lui. Son âme serait peut-être réduite à disparaître, mais il refusait que Séliana et Yonak subissent un tel châtiment.

Il dégagea en hâte les peaux pour dévoiler le sol nu. Y apposa ses mains. Laissa son instinct former une cavité assez large et profonde pour les accueillir tous les deux. Il haletait. Lui qui, quelques secondes auparavant aurait donné n'importe quoi pour mourir, craignait à présent d'être emporté avant de finir cette tâche.

Une onde de chaleur coula dans ses veines jusqu'à ses paumes. Une fois la tombe formée, il y déposa les corps de Séliana et de Yonak. Quelques secousses ébranlèrent la maison tandis qu'il refermait ce caveau en hâte.

La terre les recouvrit. Plus jamais il ne verrait le visage de sa femme et de son fils. Plus jamais il ne plaisanterait avec ses compagnons. Plus jamais on ne ferait de célébrations dans son village. Plus jamais on n'assisterait au rite de passage à l'âge adulte des garçons de quinze ans, lorsque sous les yeux de chacun, leurs parents leur ordonneraient de quitter le village et d'apprendre à se débrouiller seuls.

Il ne connaîtrait jamais cette émotion de voir Yonak suivre cette tradition.

Le sol remua une dernière fois et s'aplanit.

Sa voix caverneuse résonna dans la pièce. Il empoigna son arme, le sang bouillant de rage, des envies de meurtres dans ses pensées. Il sortit. Quelqu'un avait fait cela. Ce n'était pas un caprice de la nature, ce n'était pas une punition divine. Des individus étaient venus et avaient massacré tout le monde.

Comme un ours sentant les intrus s'introduire sur son territoire, il se mit en chasse. L'instinct animal prit le dessus. Il huma l'air. Si des hommes étaient responsables, ils possédaient forcément une odeur. Il cherca la moindre piste inhabituelle, le moindre parfum inconnu. Il ne détecta rien d'autre que le bois et la chair brûlés, ainsi que la cendre froide.

La cendre froide. Il regarda autour de lui. Les incendies qui consumaient le village atteignaient leur apogée. Les flammes prendraient du temps pour diminuer et pour que les braises restantes refroidissent. L'odeur qu'il percevait ne correspondait pas à la situation. Il ne vit qu'une seule explication : elle venait des agresseurs.

Sans se questionner davantage, il fonça jusqu'à l'extérieur du hameau, là où le conduisit cette piste olfactive. Il zigzagua entre les restes des maisons, ignorant les bruits de chutes. L'effluve devint plus fort. Il touchait au but.

Il stoppa, surpris par la scène qui se déroulait devant lui. Il aperçut tout d'abord deux hommes, dos tourné. Manteaux de fourrure, vêtements et chaussures en peau de phoque : leurs tenues confirmèrent leur identité ornésienne. Des survivants. Le mineur ne s'en réjouit pas. Leur posture défensive était sans équivoque.

Il s'approcha, sans se préoccuper de sa propre sécurité. Quand il arriva à leur hauteur, Yanski comprit qu'ils étaient mal en point. La vieillesse marquait les traits du premier. Il reconnut le second comme étant l'un des garçons célibataires qui vivaient un peu en retrait du village depuis quatre ans, depuis ses quinze ans. Il ne se rappelait plus son nom. Son bras gauche avait été sectionné au niveau de l'épaule. Sa main valide recouvrait la plaie.

Yanski suivit enfin leurs regards. Vit leurs opposants. Ils se tenaient à une dizaine de mètres, silencieux. Vêtus de noir, une capuche dissimulait leurs visages. Pas le poids de leurs regards invisibles. Yanski frissonna. La peur l'envahit. Il n'aimait pas cela, lui dont les muscles tremblaient encore de son désir d'en découdre.

Il ferma les yeux. Malgré le voile de ses paupières, il continua de voir les visages de sa femme, de son fils. Il s'approcha en douceur pour laisser le temps à ses congénères de le reconnaître comme allié et pour ne pas provoquer leurs ennemis.

— Mais qui sont ces types ?

Le jeune estropié leva un œil bleu acier sur lui. Son sang maculait une partie de sa longue chevelure blonde, du côté de sa blessure.

— Je n'en sais rien, murmura-t-il. Lorsque les premières flammes ont commencé à s'étendre à tout le village, je les ai vus rôder, depuis chez moi. Je me suis immédiatement précipité ici, mais tout est allé très vite. Au moment où j'ai voulu utiliser le Lien pour étouffer le feu, j'ai senti comme une pointe transpercer le haut de mon bras et quelque chose se répandre sur moi. Je n'ai pas compris tout de suite qu'il avait été sectionné.

Il écarta légèrement ses doigts. Yanski fronça les sourcils. Cette plaie était inhabituelle. Elle avait saigné au moment de l'amputation, mais elle était déjà refermée. Comme si quelqu'un avait cautérisé la blessure. Devant les yeux interrogateurs de son aîné, le jeune secoua la tête, affichant lui-même son incompréhension du phénomène.

— Ils ont parlé ? demanda Yanski, dont l'attention s'était reportée sur les ombres noires.

— Non. Je les ai juste vus se déplacer d'un endroit à un autre, rien de plus. Ils sont rapides, j'avais du mal à les suivre.

Le mineur regarda son compagnon. Si ce dernier montrait de la bravoure, il le devina à bout de force. Le jeune homme s'efforçait de calmer sa respiration. Le troisième ornésien n'avait toujours pas dit un mot, mais ses doigts ne cessaient de remuer. Yanski se tourna une nouvelle vers leurs opposants, prit son courage à deux mains.

— Vous vous trouvez sur les terres d'Orsinaë, patrie des grands Ornésiens. Vous détenez peut-être un avantage numérique, mais notre force vaut celle de dix d'entre vous. Ne sous-estimez aucun de nous trois.

Silence. Le mineur regretta d'avoir prononcé ces paroles, tant il avait senti que ces dernières avaient manqué de conviction, lâchées par une voix brisée.

— Trois ? Tu as bien dit trois ?

Yanski se crispa. À côté de lui, il devina son jeune compagnon dans le même état. L'homme qui venait de s'exprimer possédait une voix singulière. Elle était très basse, tel un souffle, mais demeurait audible.

D'un ton très grave, mais empli de douceur. Sa question résonna dans son esprit. Son regard se dirigea vers le troisième ornésien, le plus âgé d'entre eux.

Celui-ci tomba à genoux. Ses yeux s'écarquillèrent. Sa bouche s'ouvrit, sans qu'aucun son n'en sortît.

Il bascula face contre terre. Une flamme à l'aspect de poignard était plantée dans son dos. Yanski fixa le feu étrange qui changea de forme. L'arme intangible gonfla d'un coup pour devenir un brasier qui engloutit le corps de l'homme. Ce dernier disparut. Seule une empreinte noircie subsista.

# CHAPITRE 3

Les survivants se retournèrent vers leurs adversaires, pétrifiés. Ils surent tous les deux que, sous cet accoutrement, un sourire se dessinait sur les lèvres des cinq individus.

Ils n'avaient pourtant pas esquissé le moindre geste. Mais cette impression tenace ne quittait pas Yanski. D'où était venu ce feu ? Il ne parvenait pas à réfléchir. Les secondes s'égrainèrent, plus longues que celles qui avaient emporté ce pauvre homme. Il n'osait plus bouger.

Il n'osait même pas regarder autour de lui. Il ne pouvait compter que sur ses sens. En réalité, même de cela, il n'était plus sûr. Il soufflait fort. À moins que ce fût son jeune compagnon.

Oui, c'était ce dernier. Sa respiration appelait la suffocation. Le sang-froid qui se perd. Mais Yanski, lui-même immobilisé dans ses mouvements, lui-même à deux doigts de perdre ses moyens, ignorait comment le calmer.

Quant à eux cinq, ils apparaissaient comme des statues. Ces drapés noirs les rendaient angoissants.

Un coup, frappé au sol. Le jeune ornésien n'avait plus tenu. Ses doigts valides avaient rejoint la terre. Un grondement lointain, étouffé, des ondes propagées dans le sol, puis cinq excroissances rocheuses émergèrent d'un coup.

Elles ne rencontrèrent que du vide. Comme un seul homme, les adversaires avaient esquivé. Agiles et rapides. Les secondes reprirent un rythme effréné. Le geste de son congénère sortit Yanski de sa transe.

Séliana, Yonak. Ces noms qui se répercutaient dans chaque parcelle de ses muscles. Une force qui l'alimentait. Il enchaîna à son tour, mettant toute sa puissance dans le lancer de son arme de pierre.

Échec. Le cadet prit le relais, ne voulant pas les laisser respirer. Il fit trembler le sol pour les déstabiliser. Sans résultat, encore une fois. Ils devaient trouver les failles. Pourquoi ne ripostaient-ils pas ? Ils se contentaient d'esquiver sans effort apparent. Ils s'éloignaient les uns des autres, entourant les deux hommes. Se rendant plus difficiles à atteindre, sans vraiment chercher à fuir non plus.

Avec un seul bras, le jeune n'avait d'autre choix que de lancer des attaques massives, non précises. Avec seulement deux mains, Yanski ne pouvait pas les viser tous en même temps.

*Ils évitent notre contact.*

Cela ne signifiait qu'une chose : ils craignaient le corps-à-corps. Les ornésiens devaient donc s'approcher d'eux, les faire sortir de leur zone de confort, les obliger à se dévoiler, eux qui paraissaient vouloir jouer avec eux.

Prenant son courage à deux mains, Yanski s'élança. Il espérait de tout cœur que son camarade avait retenu les leçons apprises et qu'il viserait la même cible.

Le blond le suivit, tout en gardant un œil sur les quatre autres individus. Son aîné serra les poings, sentant l'afflux d'énergie se propager dans ses membres. Un seul impact suffirait à lui fracasser le crâne.

Le coup partit. Ne rencontra que le vide. Son ennemi s'était contorsionné juste à temps. Rapide et souple, conscient de ce qui l'entourait. Yanski poussa un cri de rage auquel son camarade répondit. Ce dernier enchaîna, espérant empêcher l'homme en noir de se remettre dans une meilleure position.

Mais lui aussi échoua à l'atteindre. C'est là que Yanski sentit la chaleur s'accroître. D'instinct, il se jeta sur son compagnon pour le mettre au sol. La flamme passa à quelques centimètres au-dessus de leur tête.

Le mineur la regarda. Elle n'était pas la seule à flotter autour d'eux. D'autres l'imitaient, voletant avec une grâce incongrue, glissant et tournant sur elles-mêmes. Il avait du mal à détourner son regard d'elles, tant la danse qu'elles exécutaient l'attirait. Les volutes, les arabesques dessinées dans les airs étaient envoûtantes. Dans d'autres circonstances, cela aurait été un spectacle magnifique.

Il secoua la tête pour effacer cette apparente hypnose. Derechef, il porta son attention sur leurs ennemis qui, sans qu'il ne comprenne vraiment comment, étaient de nouveau réunis.

Ils ne faisaient toujours aucun geste. Ils ne semblaient même pas se préoccuper du feu alentour. Et ils restaient toujours silencieux.

Ces flammes allaient leur compliquer la tâche. Il ne pouvait pas oublier le triste spectacle qui s'était déroulé quelques instants auparavant. Il serra les dents. Il voyait bien une possibilité, mais il craignit que, la fatigue aidant, il ne puisse pas maintenir l'effort assez longtemps. L'utilisation du Lien n'était pas sans conséquence. C'était d'ailleurs pour cette raison que les mineurs n'y avaient jamais recours pendant leur travail, l'utilisation de leur force physique brute leur demandant moins d'efforts.

Ce geste serait sans doute l'un des derniers qu'il pourrait tenter, mais il comptait sur le duo formé avec son cadet pour contrebalancer cela.

Il inspira profondément. Cet air, à la fois frais et vicié des particules dégagées par l'incendie, s'insinua en lui, à travers chacun de ses organes, jusqu'à atteindre celui sur lequel il allait intervenir : sa peau.

Cela débuta avec des tiraillements sur toute la surface de son corps. La sensation d'un poids qui l'ancrait davantage au sol, renforçant son attache à cet élément. Le sentiment d'une enveloppe lourde mais non handicapante, rugueuse, mais d'une familiarité agréable.

Sous l'effet du Lien de la Terre, sa peau se transformait en carapace de roche. La particularité unique des Ornésiens. Yanski était conscient de chaque minuscule point d'attache entre ses muscles et cette gangue pierreuse qui n'entravait en rien ses mouvements, fine mais résistante.

Les flammes ne seraient plus qu'un souci mineur. Une partie de son esprit se demanda pourquoi les autres villageois n'en avaient pas fait autant. Un état de panique engendré par une attaque-surprise ? Il repensa aussi à son fils, à qui il n'avait pas encore appris le secret de cette technique. Yonak avait tout juste commencé à créer de petits reliefs

Yanski déglutit pour enfouir cette souffrance, laquelle menaçait son contrôle. Sous son impulsion, le jeune ornésien avait suivi son exemple. Il leur fallait frapper un gros coup, espérer que la constante position défensive de leurs adversaires était le résultat d'une fatigue lancinante ; ils n'étaient de toute évidence que cinq à avoir mis à feu et à sang tout un village, ainsi que les travailleurs de la mine.

Les deux hommes foncèrent, leur allure quelque peu ralentit par leur peau de pierre. Les ennemis ne firent aucun mouvement de fuite. Ils devaient peut-être penser que les ornésiens voulaient les attaquer grâce à leur force physique. Ils escomptaient sans doute que leur agilité leur sauva la mise.

Une douleur fulgurante. Stoppé dans son élan, Yanski hurla, tomba à genoux. Ses bras partirent dans tous les sens pour chasser cette horrible sensation. Elle l'atteignit en de multiples endroits, notamment au cou. Un autre cri, à ses côtés. Son compagnon subissait le même traitement et, tournant son regard vers lui, Yanski en comprit la raison.

Les flammes les encerclaient, les harcelaient. Là où elles touchaient, le jeune homme tentait d'y porter sa main. Les larmes aux yeux, le mineur perçut l'écho d'un vague souvenir. La voix de son père lors de ses leçons, lorsqu'il était enfant.

*Notre armure est sans doute l'une des meilleures défenses naturelles qui existe sur Eldalarya. Elle est capable de résister à l'assaut de n'importe quel autre élément.*

*Mais prends garde, mon fils : cela ne marche que pour les attaques rapides et courtes. Pas contre les contacts prolongés. Par exemple, si tu maintiens ta main trop longtemps au-dessus du feu, ta peau de pierre se transformera en vrai four.*

Jamais il ne s'était senti aussi idiot et désemparé de toute sa vie. Il avait oublié les règles les plus élémentaires. Et, confiant dans l'attitude de son aîné, ce jeune ornésien l'avait imité.

Dans un même instinct de survie, ils avaient résorbé leur carapace. L'apparence normale de leur peau révéla les lésions laissées par le feu. Ce dernier n'attaquait plus. Il tournait autour d'eux. Il se moquait d'eux. Les cinq ombres ne bougeaient toujours pas. Elles observaient. Les larmes coulèrent sur les joues de Yanski. Il n'y avait pas d'espoir. Il n'y en avait jamais eu.

Les yeux des deux ornésiens se croisèrent. Bleus pour l'un, marrons pour l'autre, mais habités par une même expression.

— Cours, balbutia le plus âgé.

Son compagnon le regarda sans rien dire, sans faire le moindre geste, l'air hagard. Le bruissement d'un tissu, en face d'eux. L'insistance de la danse enflammée.

— Cours ! hurla cette fois Yanski.

Puisant dans ses dernières réserves, il se leva, empoigna le bras valide de son camarade, l'obligea à se mettre debout et l'entraîna avec lui. Ébranlé par cet ordre impérieux, le jeune le suivit. Il n'y avait plus aucune réflexion. Partir. S'enfuir. Sauver sa peau.

Ils ne se posaient plus aucune question. Ils ne se demandaient pas où ils pourraient aller, oubliaient que leur village était situé au milieu d'une des régions les plus hostiles d'Eldalarya. Partir, partir, partir. Yanski n'avait plus que ce mot-là en tête. Ce mot, et une prière adressée à Jorgas.

*Protège-nous ! Protège-nous !*

La course brûlait les jambes. L'incendie compressait la poitrine. Les larmes embuaient les yeux. Les craquements, puis l'effondrement des charpentes les escortaient dans leur échappée.

Elles étaient là, Yanski les sentait. Ces flammes les poursuivaient. Il avait envie de leur hurler de les laisser tranquilles. Ou de les emporter au plus vite, plutôt que de jouer au chat et à la souris.

*Je suis désolé. Je suis désolé.*

Ces pensées, il les adressait à sa femme et à son fils. Ses lamentations, expirées au milieu de son souffle saccadé, résonnaient de ses regrets, de sa culpabilité.

— Fuis !

Au son de cette voix, Yanski se retourna. Son compagnon s'était arrêté. Il ne voyait plus que son dos et le mouvement d'essoufflement propagé dans ses épaules. Il aperçut aussi les ombres. Elles se mouvaient avec la même prestance que les flammes.

— Mais qu'est-ce que tu fais ? cria le mineur, la voix cassée.

— Je vais les retenir.

— T'as perdu la tête ? Dépêche-toi !

Mais le jeune homme ne bougea pas.

— Je ne peux plus. Il faut que tu préviennes quelqu'un. S'il te plait, que je n'aie pas fait ça pour rien

— Qu'est-ce qu... commença Yanski, retournant sur ses pas.

— Fuis, je te dis !

Sur ses paroles, le jeune homme le poussa et frappa le sol de sa paume. Avant que le mineur eut le temps de faire quoi que ce soit, un mur de pierre s'élevait entre eux, utilisant les ruines de deux maisons pour sceller le passage.

Il hésita. Des ondes se propageaient sous ses pieds, accompagnées par des cris de rage, de l'autre côté. Malgré l'injonction du cadet, il demeura immobile.

Jusqu'à ce que les cris se transforment en un hurlement lugubre. Puis encore un autre. Il savait ce que cela signifiait. Il devait poursuivre, même si cela lui déchirait le cœur. Ce jeune avait raison, même si, au fond, Yanski n'y croyait guère.

Il reprit sa course, le pas plus trébuchant. À quoi tout cela rimait-il ? Devait-il continuer à courir comme ça ? Devait-il s'en retourner et jeter ses dernières forces dans une action inutile ? Mais son corps chercha tout de même à s'échapper.

Alors il courut. Encore et encore. Jusqu'à ce que ces sons lugubres s'amenuisassent. Jusqu'à ce que le froid reprît le pas sur la chaleur. Il ne se retourna pas. Il voulait juste se cacher. Et se reposer. Oublier. Disparaître. Ses yeux fixèrent un relief rocheux. Ici, ça serait bien.

Il le contourna et ne put s'empêcher de jeter un coup d'œil. Une lumière rouge-orangé éclairait toujours le ciel nocturne. Tremblant, il tâta le pan rugueux. Juste un espace protégé. Il ne demandait rien d'autre. Il laissa échapper un peu d'énergie pour former une cavité dans laquelle il pourrait se glisser.

Tant bien que mal, il s'y installa. Les doigts effleurant la surface pour ne pas perdre le contact avec l'extérieur et lui offrir une porte de sortie, il ramena ses genoux contre sa poitrine. Il ne savait plus s'il avait mal ou pas. Il sanglota en silence pendant de longues minutes.

Ces douleurs l'accablaient. Il mobilisait le peu de concentration qui lui restait à écouter les alentours. Il voulait dormir. Les vertiges survinrent. Son corps devint lourd. Ses pensées confuses. Il chercha de l'air. Sa conscience l'abandonna peu à peu. La dernière sensation qui l'accompagna à ce moment-là fut celle de la froideur de la neige sur sa joue.

# CHAPITRE 4

La chaleur, sur sa peau. Il ne faisait plus froid. Les ennemis l'avaient-ils trouvé ? De vagues souvenirs. Des voix étouffées. Quelqu'un qui le secouait en douceur. Des mots intangibles, mais emplis d'inquiétude. Son corps en mouvement. Une sensation qui se voulait douce, mais qui intensifiait sa souffrance.

Des balancements, proches du bercement, puis à nouveau le noir complet. Pendant combien de temps ? L'esprit toujours embrumé, Yanski tenta de comprendre ce qu'il se passait. Était-il mort ? Reposait-il dans une tombe ?

Il avait l'impression de lutter contre un voile épais. Ce dernier lui renvoya des sons, des odeurs et des sensations étranges. Il avait mal. De cela, il était certain. Une douleur lancinante mais forte, de celles qui semblaient vouloir demeurer à jamais. Cela signifiait une seule chose.

Il était vivant. Comment ? Pourquoi ? Il l'ignorait. Quel sentiment curieux. Il ne se sentait pas exalté. Il ne se sentait pas soulagé. Il était en vie mais le vide l'habitait, à l'intérieur. Il ouvrit enfin ses yeux, avec difficulté, et observa ce qui se passait autour de lui.

Il ne vit d'abord que des ombres. Il entendit ce qui semblait être des gémissements. Une odeur forte l'assaillit, un parfum de plantes diverses. Les contours devinrent plus nets à mesure que ses yeux, trop longtemps clos, s'habituèrent à son environnement.

Une pièce plongée dans la pénombre. Des gens s'affairaient, autour de lui. Leurs tenues l'interpellèrent. Beiges, taillées dans un tissu épais. Le blessé fouilla dans sa mémoire. Ces vêtements étaient ceux portés par les guérisseurs de son pays. Malgré tout le soin qu'ils mettaient à rester discrets, Yanski les trouva bruyants.

Une lumière vive l'aveugla pendant quelques secondes, l'obligeant à baisser de nouveau les paupières. Sans comprendre comment, il devina que quelqu'un était entré dans la pièce. Cet éclat, il le savait, était une vision furtive du matin. La luminosité était toujours la plus forte, à cette heure-là.

Yanski essaya de ne pas prêter attention au mal de tête qui le menaçait. Son corps lui renvoyait des souffrances bien plus atroces. Il n'osa pas bouger, de peur de les raviver. C'est à peine s'il s'autorisa à caresser le drap placé sous lui. À nouveau, il fouilla dans ses souvenirs. Pendant plusieurs jours, il n'avait connu que l'inconfort d'un sol gelé, certain de ne plus jamais rien percevoir d'autre.

Ses pensées troublèrent sa respiration. En ouvrant la bouche pour chercher un peu d'air, il sentit que cette dernière était sèche. Du regard, il balaya la demi-douzaine de personnes qui se trouvaient là. Une jeune femme se tenait à proximité, mais elle était absorbée par l'élaboration d'une quelconque décoction.

Il laissa échapper un son rauque et douloureux de sa gorge. C'était sa seule façon d'attirer son attention. Il fut soulagé de la voir relever la tête dans sa direction puis abandonner sa tâche pour s'approcher de lui.

— Vous êtes enfin réveillé. Vous avez besoin de quelque chose ?

N'ayant pas la force de parler, il se contenta d'ouvrir et de refermer la bouche. La demoiselle au regard azur et aux longs cheveux d'un blond très clair mit quelques secondes à comprendre sa requête. Avec un sourire entendu, elle finit par se lever et par aller chercher une coupelle remplie d'un liquide odorant.

Assisté par un autre guérisseur qui redressa la tête de Yanski, elle porta le récipient à ses lèvres. Le blessé fit la grimace en sentant la chaleur du breuvage descendre le long de son gosier. Ce geste révéla une image fugace où il se voyait allongé dans la neige, incapable de bouger, réduit à lécher cette dernière pour survivre.

À force d'en ingurgiter, le fond de sa gorge avait brûlé. Le goût du grog n'était pas des plus agréables non plus, mais il restait buvable, malgré tout. Mais l'amertume qu'il ressentait en arrière-goût ne venait pas de cette boisson.

Seuls ceux qui avaient fait ça étaient responsables. C'était là. Yanski avait conservé un souvenir très net de tout ce qu'il s'était passé. Alors que la réalité qu'il vivait à présent lui paraissait encore floue, le reste était parfaitement clair, comme si son esprit était retourné dans le passé et voulait y demeurer.

Il n'avait pas besoin de faire un gros effort de concentration pour revivre ce cauchemar. La chaleur environnante était gravée sur sa peau, dans tous les sens du terme. Il percevait le tiraillement de la chair brûlée chaque fois qu'il esquissait le moindre mouvement.

Quelqu'un essaya de lui parler, mais il ne l'entendit pas. Son esprit s'enfonça à nouveau. L'appel de l'abandon était fort ; il ne voulut pas lui résister. Mais au lieu de le mener dans un cocon paisible, il le ramena en arrière. Cette journée, encore.

Il s'agita. La souffrance de son corps meurtri se propagea d'un coup. Il s'était endormi sans s'en rendre compte et se réveillait d'un cauchemar. Il sentit des formes se déplacer, autour de lui. Il eut peur. Il oublia le mal et chercha à se défendre. Une force le plaqua contre le matelas de plume, l'empêchant de bouger.

Il chercha du regard le visage de celui qui allait lui ôter la vie. Il fallait qu'il le voie, qu'il sache à qui il avait à faire. Il ne croisa qu'une expression triste.

— Chut, c'est fini, murmura l'homme.

Yanski s'apaisa, les yeux rivés sur les iris noisette qui l'observaient. Un ornésien à la barbe fournie le fixait. Sanglotant, le blessé se contenta de hocher la tête pour montrer à son congénère qu'il allait mieux. Ce dernier, visiblement loin d'être soulagé, s'installa à ses côtés.

Les dernières brumes de son cauchemar s'évaporant, il distingua un peu plus les traits de son visage. Ses yeux étaient rougis, comme s'il manquait de sommeil. Ou qu'il avait pleuré. Il ne portait pas de tenue de guérisseur. Le mineur devina ses gants cloutés ; les Ornésiens ne les enfilaient qu'en cas d'affrontement imminent.

— As-tu la force de me dire ton nom ? demanda l'homme.

— Yan… ski, balbutia faiblement le blessé.

Un reste de fierté l'avait poussé à répondre, lui causant une grande souffrance. À en juger par les froncements de sourcils de son interlocuteur, celui-ci n'était pas dupe.

— Je suis Tergand, conseiller du Roi. Tu es encore trop faible, donc c'est moi qui parlerais, pour le moment.

D'un geste fraternel, comme s'ils se connaissaient depuis toujours, Tergand s'empara d'un tissu et essuya le visage du blessé. Yanski se rendit compte qu'il avait très chaud. L'homme se saisit ensuite de la coupelle et lui fit boire le même breuvage que lui avait donné la jeune femme, un peu plus tôt.

— J'ignore de quoi tu te souviens précisément, commença le conseiller. Pardonne-moi si je t'explique des choses que tu connais déjà.

« C'est un miracle que tu sois encore en vie. Ils sont peu nombreux ceux qui ont eu cette chance. »

La chance. Pouvait-on parler de chance lorsque l'on avait tout perdu et que, tout ce qu'il subsistait étaient des cauchemars, un corps détruit et des regrets ? D'autres survivants ? Qu'est-ce que cela signifiait ?

— Notre pays, hésita Tergand. Notre pays est actuellement victime d'attaques. De nombreux villages, comme le tien, ont été dévastés. Nous ne savons pas qui a fait cela. Ce dont nous sommes sûrs, c'est que cela ne vient pas des Séliens.

« Tu as été trouvé, comme les autres, par les commerçants ambulants qui arpentent notre territoire pour apporter ce qui manque aux ornésiens isolés. Lorsqu'ils t'ont découvert, ils ont voulu t'emmener au village qu'ils savaient proche. Mais il n'en restait que des ruines.

« Ils ont donc cherché à te conduire dans une ville plus importante, mais toutes étaient surchargées par l'arrivée de cas similaires au tien. Les marchands n'ont eu d'autres choix que de te conduire jusqu'à Edenigë. Tu es dans la maison de guérisseurs de la capitale. »

L'homme se tut pour permettre à Yanski d'intégrer toutes ces informations. Ou peut-être pour ravaler l'émotion qui lui nouait la gorge.

La solidarité ornésienne lui avait donc permis d'échapper à la mort. Le commerce nomade d'Orsinaë ne s'arrêtait pas à l'approvisionnement de marchandises en échange du peu de ressources possédées par les villageois. Ils étaient des guides dans l'immensité du désert glacial. Et, comme Yanski pouvait le constater, ils se chargeaient volontiers du transport des malades en temps de guerre, quitte à parcourir des centaines de kilomètres.

Edenigë. Le blessé avait visité une fois cette ville, lorsqu'il était plus jeune. Il avait prévu d'effectuer le voyage avec sa famille, Séliana et Yonak n'ayant jamais connu cette opportunité. Mais un si long trajet demandait un minimum de préparation. Ils n'avaient jamais eu le temps de le faire.

— Nous recevons de nombreux messages d'alerte, reprit Tergand. Le roi Esdenorg ne sort plus de son bureau, tentant de comprendre, d'étudier toutes les possibilités. Tout ce sur quoi nous pouvons compter, ce sont les témoignages des rescapés.

S'il avait pu, Yanski lui aurait tout révélé tout de suite. Pour se libérer. Pour que quelqu'un le rassure et lui affirme qu'il avait bien agi. Que non, cela n'aurait rien changé qu'il ne suive pas ses habitudes et qu'il rentre pour une fois plus tôt ce soir-là, comme sa femme le lui demandait sans arrêt.

Que cela n'aurait rien changé qu'il reste auprès de ce garçon malgré les supplications de ce dernier. Qu'il n'était pas un lâche d'avoir voulu fuir pour sauver sa peau.

— Il y a autre chose sur laquelle nous comptons, poursuivit le conseiller, inconscient du combat intérieur du blessé. Notre souverain a envoyé un message au roi de Lumpiaë, Tendanô. Comme c'est notre allié le plus proche, Esdenorg est certain qu'il nous aidera à comprendre. Rien ne vaut mieux qu'un regard extérieur dans ce genre de situation.

Yanski le regarda, incapable de ressentir une joie quelconque à cette nouvelle.

— Je vais te laisser te reposer, conclut Tergand. J'ai beaucoup de travail, mais je tenais à ce que tu saches ce qu'il en était. Je repasserais te voir plus tard.

Son vis-à-vis sorti, le blessé fixa le plafond. Il ne comprenait pas. Bien qu'il eût entendu les mots de Tergand, il ne parvenait pas à mesurer l'ampleur. Comme si rien ne pouvait être pire que ce que lui avait connu.

Le roi Tendanô était le souverain des Lumiens. Ces derniers possédaient aussi le Lien de la Terre. En tant que descendants de la Déesse-Souveraine Leydane la Louve, ils étaient en théorie de bons combattants.

Mais qu'est-ce que cela changerait ? Les Lumiens n'étaient pas plus forts que les Ornésiens. À eux cinq, ces hommes en noir avaient détruit un village d'un millier d'habitants. Tout cela lui échappait et Yanski en vint à la conclusion qu'il ne possédait sans doute plus le recul nécessaire, en tant que victime, pour juger la décision de son roi.

Las, il se laissa de nouveau aller au sommeil. Il craignait celui-ci, mais rester éveillé usait la moindre force en lui. Les images défilèrent dans son esprit, pleines de flammes, de sang, de cris et de tissus noirs.

Son inconscient transformait son vécu, exécutait divers scénarios, lesquels se terminaient toujours de façon tragique.

Il en vint à imaginer cet instant où sa femme avait mis fin à sa vie et à celle de leur fils. Il tentait de ressentir leur peur, leur désespoir. Il voulait savoir ce qu'ils avaient éprouvé au moment précis où la pointe de pierre les avait traversés.

De nouveau, il sentit qu'on l'immobilisait. Il entendit des cris. Il lui fallut de longues secondes pour comprendre que c'était lui qui les poussait. Cette douleur ne partait pas. Elle l'étouffait. Elle le maintenait sous son joug. Quelque chose coula le long de sa gorge. Il ouvrit les yeux

— Calme-toi, mon ami, chuchota une voix familière.

Tergand était revenu, comme il lui avait dit. Faible et hagard, Yanski le vit discuter avec d'autres personnes. Le blessé remarqua la femme aux cheveux blonds. Sa robe différait de celle des guérisseurs. Une prêtresse. Venait-on lui annoncer sa mort imminente ?

Une ceinture rouge ceignait sa taille. Seule la Grande Prêtresse en portait une de cette couleur. La reine Ingilad. Un homme, un ornésien se trouvait auprès d'elle. Tergand s'adressait à lui avec respect. Ce ne pouvait être que le roi Esdenorg. Yanski se sentit honteux de se retrouver ainsi devant eux, misérable et incapable de bouger.

— Non.

Cette voix. Le blessé ne l'avait encore jamais entendue. Il étudia un troisième individu qui accompagnait le couple royal. La pénombre ne lui permit de discerner que des cheveux longs et sombres, une carrure certes moins imposante qu'un ornésien, mais tout de même forte.

Tandis que Yanski tentait de distinguer les traits de cet étranger, la discussion se poursuivait. Une nouvelle personne se manifesta. Elle s'adressa directement à Tergand avant de finir par s'installer près du lit.

L'homme avait lui aussi les cheveux bruns, mais plus courts et plus ondulés que l'autre. Mais ce qui frappa Yanski et lui permit d'identifier l'origine de ces inconnus, fut ses yeux. Tout autour de la pupille, l'iris était vert, mais il devenait bleu dans la partie extérieure. En y regardant de plus près, l'autre individu possédait la même caractéristique. Des lumiens.

— Je me nomme Daikeno. Je viens de Lumpiaë et j'accompagne le roi Tendanô. Nous sommes là pour vous aider. Accepterais-tu de nous raconter ce qu'il t'est arrivé ?

Ainsi donc, l'homme debout était le souverain lumien. Yanski acquiesça, même s'il se sentait très faible. Il décida de donner le maximum de détail, espérant que cela les aide à comprendre.

Il leur parla du travail à la mine. Du tremblement de terre. Du moment où il s'était retrouvé seul tandis que ses compagnons étaient remontés à la fin de la journée.

Chaque mot qu'il prononça le ramena en arrière. L'odeur du sang et de la chair brûlée semblait avoir pris la place de celle des herbes médicinales. La fumée qui dansait au plafond ressemblait au ciel nocturne d'Orsinaë. L'éclairage rappelait la luminosité des flaques de lave.

Yanski s'énerva lorsque Tergand tenta de faire un lien entre ces dernières et la secousse tellurique. Il était surtout en colère après lui-même de ne pas pouvoir s'exprimer avec plus d'aisance.

Il décrivit le village en flamme. Il revécut la découverte de sa femme et de son fils, conscient que son auditoire émettait quelques réserves quant à l'hypothèse d'un suicide. Mais lui en était certain.

Il sanglota. Ses pleurs trouvèrent un écho dans ceux des rescapés également soignés dans cet endroit. Sa colère remonta quand il évoqua les ennemis. Sa rage était toujours aussi vive. Les deux autres survivants. Les adversaires vêtus de noir.

La fin du plus âgé d'entre eux. Les flammes. La tentative pour les battre. La fuite.

La mort. Encore une fois. Il ne se rappelait toujours pas le nom de ce garçon. La course pour la survie.

Son récit achevé, Yanski était épuisé. Il accorda une brève attention au départ du groupe. Il aurait dû se sentir soulagé, mais rien. Les paroles d'encouragements n'avaient eu aucun effet. Parler n'avait eu aucun effet.

Qu'allait-il se passer à présent ? Est-ce que ses mots avaient au moins servi à quelque chose ? Ils ne lui avaient rien dit, comme s'ils étaient toujours dans l'ignorance la plus totale quant à l'identité des agresseurs. Il retourna tout cela encore et encore dans son esprit sans trouver de réponse.

Il sentit quelque chose sur son front. La jeune guérisseuse avait repris sa place près de lui et épongeait la sueur, le regard triste.

— Vous vous en êtes très bien sorti, murmura-t-elle, la voix marquée par l'émotion. Je suis certaine que cela va les aider. Jorgas prend soin de votre femme et de votre fils, ils sont sûrement fiers de vous et veulent sans aucun doute que vous continuiez de vous battre comme vous l'avez fait à ce moment-là.

Yanski la fixa en silence. Ces quelques paroles avaient apporté une touche de chaleur dans le cœur du mineur. Une agréable chaleur. Oui, c'est très certainement ce que Séliana aurait souhaité. Dans un nouveau geste de réconfort, la guérisseuse glissa sa main dans celle du blessé. Malgré la douleur, ce dernier resserra ses doigts, s'accrochant à ce petit espoir.

Il ne pouvait plus rien faire d'autre que se battre pour sa propre vie. Pour que, où qu'ils se trouvent sa femme et son fils aient l'esprit en paix.

Le reste, ce combat plus important qui s'annonçait, appartenait maintenant à d'autres.

Merci d'avoir lu ce roman.

Si celui-ci vous a plu, je vous invite à laisser un commentaire, même court. Non seulement cela me ferait très plaisir, mais vous pourriez donner envie à quelqu'un d'autre de se le procurer.

Si vous souhaitez en savoir plus sur moi et mes publications futures, rien de plus simple. Retrouvez-moi sur mon site

http://www.kohana-kimura.com


Je suis également présente sur les réseaux sociaux :

Facebook :https://www.facebook.com/Kimura.Kohana/

Twitter : https://twitter.com/KohanaKimura

Au plaisir d'échanger avec vous.

Kohana Kimura

# Titres déjà parus

## Tendanô ( février 2017 )

<u>Disponible en version numérique</u>

Amazon : https://www.amazon.fr/Tendanô-Kohana-Kimura-ebook/dp/B01MUGFIK0

Kobo : https://www.kobo.com/fr/fr/ebook/tendano

<u>Disponible en version papier</u>

Amazon : https://www.amazon.fr/Tendanô-Kohana-Kimura/dp/B01MYFRWE8

# Découvrez le premier chapitre de Tendanô

## CHAPITRE 1

*Orsinaë, An 4503, trentième jour de Merakmadë.*

Une bourrasque froide fouetta son visage. D'un geste, il dégagea une longue mèche brune de ses yeux. Les deux chevaux trottaient avec prudence, imprégnés de l'anxiété de leurs cavaliers. L'écoulement de l'eau et la couche de neige atténuaient le martèlement de leurs sabots. Seul le bruissement des feuilles en provenance de la forêt voisine leur faisait concurrence.

Tendanô inspira profondément. L'air ambiant, saturé par une odeur de résine, ne le calma pas. Depuis leur départ, une semaine plus tôt, une tension tenace nouait ses entrailles.

Il aurait aimé aller plus vite. L'échange des montures dans une ville frontalière, quelques jours auparavant, leur avait permis de conserver une bonne allure, sans épuiser les bêtes. Mais son instinct le pressait. Le souvenir de quelques mots inscrits en noir sur du parchemin refusait de s'effacer.

Viens au plus vite, j'ai besoin de toi. Esdenorg.

Le roi ornésien n'appelait pas au secours. Il s'acharnait, se trompait, recommençait en véritable tête de mule qu'il était. Seul l'épuisement de toutes les possibilités le poussait à demander de l'aide.

Tendanô appréhendait cette rencontre pour cette raison. Une question résonnait dans son esprit.

Que se passait-il ?

Un cheval renâcla. Sorti de sa torpeur, l'homme jeta un coup d'œil à son compagnon de voyage, à sa droite. Une barbe naissante accentuait les mâchoires serrées de Daikeno. Ce dernier réajustait son manteau en peau de renne, le regard concentré sur l'obscurité de la forêt.

Depuis plusieurs heures, il n'avait pas prononcé un mot. Ses traits trahissaient son inquiétude.

Un nouveau souffle charria quelques gouttelettes glacées, lesquelles se déposèrent sur les cheveux châtains mi-longs et ondulés de son ami. Tendanô s'arracha à ses pensées troubles pour contempler le paysage. Sur leur gauche, le Meleïka coulait à un rythme paisible. À leur départ de Melkyo, la capitale de Lumpiaë, ils avaient longé sa rive. Des siècles de passages avaient tracé une route rapide et sûre.

Les eaux poissonneuses représentaient une source importante de nourriture et de revenus pour les riverains. De nombreux pêcheurs leur avaient ainsi offert l'hospitalité et ils en avaient accepté certaines. La joie de leurs hôtes s'était accrue lorsqu'ils avaient découvert leur identité. Ce n'était pas tous les jours que l'on recevait Tendanô, le roi en personne, accompagné de son chef des Combattants.

De ce côté de la frontière, en Orsinaë, pays situé au nord du leur, les portes demeuraient fermées.

Aucun caprice du temps ne poussait les habitants à se cloîtrer. Grâce au Meleïka, ils bénéficiaient d'une large ouverture sur le ciel. La lumière, diffusée par les particules d'air en suspension, se montrait la plus éclatante aux premières heures. À mesure que la journée avancerait, la luminosité diminuerait.

Ce n'était pas pour rien que les deux hommes avaient fait en sorte d'approcher de leur objectif à cette heure-ci.

La voûte céleste était claire. Pas un seul nuage en vue. Pas de tempête de neige en approche. Le moindre écueil sur la route serait détecté de loin. Rien n'expliquait cette attitude étrange.

Daikeno sondait les sylves pour cette raison. À l'instar du monarque, il sentait cette atmosphère lourde. Les abords du fleuve ne révélaient aucune menace. Si danger il y avait, celui-ci se dissimulait peut-être sous le couvert des chênes, des hêtres et des pins, là où la lumière ne filtrait pas.

Mais quel danger ?

Tendanô était reconnaissant envers son meilleur ami d'avoir insisté pour l'accompagner. Sa décision de partir n'avait pas plu à ce dernier. Mais Daikeno savait qu'en plus d'un sens aigu de l'amitié, le roi devait respecter l'alliance qui unissait Orsinaë et Lumpiaë.

Tendanô leva les yeux. À l'est, à plusieurs centaines de kilomètres de là, la forêt prenait de l'altitude, s'élevait sans cesse. Elle formait une masse imposante dans le paysage, prête à fondre sur eux. En réalité, les arbres suivaient la courbe de l'un des versants de l'Elesia, la Montagne Sacrée.

Sa vue emplissait toujours le cœur d'angoisse. Les estomacs se nouaient. On la regardait, mais sans s'y attarder. Comment oublier que les Anciens étaient nés ici même quelques millénaires plus tôt et avec eux, tout ce qui existait sur Eldalarya ?

Seule la base de la montagne, qui s'étendait sur des centaines de kilomètres carrés, se dévoilait. D'épais nuages blancs dissimulaient la partie supérieure. Les manuscrits parlaient d'une altitude proche des quinze mille mètres. Les quelques personnes à avoir tenté l'ascension et à être revenues gardaient pour elles ce qu'elles avaient vu. In fine, la plupart se retiraient du monde sans que l'on sache pourquoi.

Un regard devant lui lui confirma que l'espace s'ouvrait. Une immense zone dépourvue d'arbres s'offrit à leur vue. La route s'écartait de la rive pour s'enfoncer dans les terres. Quelques silhouettes d'édifices dispersés apparurent. La nostalgie gagna Tendanô. Un sourire discret naquit sur ses lèvres lorsqu'il reconnut ces demeures si particulières.

Il avait vécu dans l'une d'elles pendant quelque temps.

Une dizaine d'années auparavant, il avait entrepris de se rendre en Orsinaë pour parfaire son entraînement de Combattant. Esdenorg l'avait hébergé. Il s'était toujours senti redevable envers lui.

La spécificité de ces maisons ne se trouvait pas dans leur architecture, somme toute assez banale : une structure construite en pierre, composée d'une pièce où l'occupant mangeait, dormait et travaillait ; la forge, la tannerie ou la pêche, selon les cas.

Une seule catégorie de la population occupait ses habitations isolées : les jeunes hommes célibataires de plus de quinze ans. Arrivés à cet âge, les garçons devaient quitter leur famille.

Ils appliquaient l'apprentissage reçu durant l'enfance : ériger de leurs mains leur nouveau lieu de vie, se débrouiller au milieu d'une nature hostile. Ils pouvaient se rendre au village ou dans la ville pour échanger ou vendre le fruit de leur travail. Et trouver une jeune femme à épouser qui les considérerait comme assez dignes d'elle. C'est seulement après cela qu'ils pouvaient quitter leur isolement.

Chez les Lumiens, pour qui la solidarité familiale importait, ce mode de fonctionnement apparaissait comme barbare. Tendanô lui-même avait été choqué à son arrivée. En retour, Esdenorg avait éclaté de rire. Il avait souligné qu'en quittant son pays seul à vingt ans, il avait plus ou moins fait pareil. S'isoler pour évoluer.

Le roi lumien gardait d'excellents souvenirs de cette époque.

La présence de ces maisons ne signifiait qu'une chose : ils approchaient enfin de leur destination finale. Ils passèrent à côté de l'une des bâtisses. Au travers de la petite fenêtre, Tendanô vit une ombre se mouvoir, mais personne ne sortit pour les saluer.

Ils poursuivirent leur chemin. La vue dégagée n'avait pas diminué leur stress ; Daikeno ne parlait toujours pas.

Au loin, une forme floue se dessina, semblable à un dôme. Des lueurs dansaient, minuscules et opaques. Tendanô reconnut le rougeoiement des nombreuses forges qui encerclaient la ville. Les émanations de fumées expliquaient ce contour sphérique et brumeux.

Ils devraient progresser encore un bon moment pour enfin passer le voile qui entourait Edenigë, la capitale d'Orsinaë.

La route demeurait déserte, même ici, à proximité de la grande cité. Une vingtaine de minutes s'écoulèrent avant qu'ils n'aperçussent deux petites formes se déplacer dans l'horizon.

Ils avançaient toujours au trot, sans raison de ralentir. Tendanô distingua plus nettement les deux personnes. Ces dernières, emmitouflées dans des manteaux de fourrure, cheminaient dans la neige, un panier en osier sur le dos et une demi-douzaine de cannes à pêche dans les mains.

L'homme et la femme les remarquèrent à leur tour. Au grand étonnement du roi, ils se figèrent. Leurs traits se tordirent en une expression de peur. Tendanô jeta un regard à son ami, lequel lui répondit par un froncement des sourcils.

Ils gardèrent leur allure. Un ralentissement aurait sans doute accentué cette panique. L'attitude du couple changea lorsque les deux voyageurs se trouvèrent à une cinquantaine de mètres d'eux. Ces derniers passèrent à côté et leur adressèrent un salut de la tête.

L'homme et la femme ne le leur rendirent pas, trop occupés à se réconforter l'un l'autre.

— Je n'ai jamais eu si peur de ma vie, confia la jeune femme.

— Moi aussi, répondit son compagnon. Heureusement que les yeux des Lumiens sont reconnaissables.

— C'est ce qui m'a rassurée. De beaux yeux d'ailleurs. Ils avaient presque les mêmes. Des pupilles auréolées d'un superbe vert qui se fond dans un magnifique bleu dans tout le reste de l'iris.

— Bah ! Ça va, tu t'es vite remise à ce que je vois.

— Ne commence pas.

Les deux cavaliers n'entendirent pas la fin de la conversation. Tendanô continuait de se questionner sur leur crainte vive. Ils auraient pu s'arrêter pour les interroger, mais cela n'avait pas d'intérêt. Ils obtiendraient bientôt toutes les réponses attendues.

La réaction suscitée plus tôt se retrouva chez d'autres habitants, plus nombreux à l'approche de la ville. Les forgerons stoppaient leur travail pour les observer et le reprenaient dès qu'ils avaient identifié les nouveaux venus.

Les contours de la cité se précisèrent à mesure qu'ils progressaient dans le brouillard créé par la rencontre des fournaises et du froid.

Edenigë impressionnait par sa linéarité.

Des milliers de maisons de pierres au toit plat se dressaient, serrées les unes aux autres. Toutes avaient été érigées de plain-pied. De rares bâtiments, dans le centre, possédaient un étage en plus ; ils étaient attendus dans le seul qui en comptait deux.

Sa forme rectangulaire s'élevait au-dessus des autres, impérieuse. Tendanô n'était venu qu'une fois à Edenigë – mieux valait taire le fait qu'Esdenorg hébergeait quelqu'un – et n'avait pas eu l'occasion de la visiter.

Ils s'approchèrent de l'entrée de la ville, ralentirent leurs chevaux. La rumeur de leur arrivée se propageait plus vite que le trot de leurs montures. De nombreux curieux levaient la tête, devisaient à voix basse.

Tendanô prêta peu d'attention à leurs échanges. Il se focalisa sur les ombres qui se tenaient de chaque côté de la route. Deux sculptures, posées sur des piédestaux, les accueillaient, telles des gardiennes de la cité.

Elles représentaient toutes deux un ours à taille réelle sur ses quatre pattes. Les animaux paraissaient les fixer. Des gemmes précieuses symbolisaient leurs yeux vairons : une topaze bleu clair pour le droit et un quartz fumé pour le gauche.

Le travail du corps était incroyable. Le ou les artistes ne s'étaient pas contentés d'associer du bois de chêne à de la pierre. De loin, les deux matériaux semblaient n'en former qu'un. Le blanc du bout de la gueule et des pattes – le roi lumien ne savait pas de quelle roche il provenait – se fondait à la perfection avec le marron du reste de l'anatomie. Les détails de la fourrure accentuaient le réalisme des créatures.

Un en particulier donnait une impression de vie aux sculptures.

Avec une infinie patience, de minuscules diamants avaient été incrustés à l'extrémité de chaque représentation de poils. Les pierres renvoyaient une multitude d'éclats.

Ces prédateurs inanimés constituaient le seul luxe que les Ornésiens appréciaient. Ces œuvres ne figuraient pas des ours ordinaires. Ils incarnaient Jorgas l'Ours, celui des neuf Dieux-Souverains d'Eldalarya que les Ornésiens vénéraient.

Celui-là même qui, après une énième montée de colère contre son frère Merakos le Dragon, avait frappé le sol et créé les Terres Glacées Éternelles, région glaciale qui occupait toute la moitié est du pays. Tendanô savait que des idoles de petite taille ornaient aussi les maisons.

La foule commençait à se rassembler sur la voie principale. Atteindre le centre de la ville leur prendrait un peu de temps.

Daikeno invita son ami à le devancer d'un signe de tête. Tendanô engagea sa monture nerveuse au milieu des curieux. La plupart semblaient ne pas comprendre qu'un cheval était un être solide, qu'il ne pouvait pas les traverser et qu'ils devaient donc s'écarter.

Quelques protestations se firent entendre. Les badauds reculaient sur leur passage et piétinaient les marchandises étalées sur le sol, devant l'entrée même des maisons. Tendanô pesta contre lui-même en silence. Arriver à Edenigë au milieu de la matinée, quand la luminosité était encore vive, paraissait une bonne idée, sur le moment.

Il n'avait pas pensé que c'était aussi l'heure idéale pour le commerce, lequel se déroulait dans une rue à peine assez large pour faire passer deux hommes de forte stature comme celle possédée par les Ornésiens.

Il tapota l'encolure de son cheval, lequel s'agitait devant cet attroupement. Les odeurs qui régnaient n'aidaient pas : un mélange de poissons séchés, de fourrures et de vêtements de peau dont certains provenaient de prédateurs.

— Allons, allons, Messieurs, Mesdames, laissez passer Tendanô, le roi de Lumpiaë.

Le monarque roula des yeux et se retourna vers son ami. Daikeno haussa les épaules, comme s'il ne voyait rien d'étrange à annoncer sa venue à voix haute. Les gens s'approchaient davantage. Chaque pas donna lieu à un arrêt de quelques secondes. Cumulées, elles leur firent prendre plusieurs minutes de retard.

Tendanô commençait à étouffer. Il ne souffrait pas de claustrophobie, mais son coupe-vent lui donnait chaud. Il comprenait pourquoi les habitants de la ville n'en portaient pas. La concentration des maisons, des corps, augmentait la température ambiante. Il aperçut quelques ombres furtives, enveloppées dans des capes noires, s'engouffrer dans les ruelles adjacentes. Il les aurait bien imitées pour échapper à cette oppression.

Il emplit ses poumons, à la recherche d'un air plus pur. Ses sens tiquèrent. Une fragrance étrange flottait. Il regarda autour de lui en quête de son origine. Plus ils s'approchaient du centre et du grand bâtiment, plus celle-ci s'imposait à son odorat puissant.

Il résista à l'envie de presser son cheval. Des enfants couraient devant lui. Il devait prendre son mal en patience. Daikeno continuait d'invectiver les gens. De longues minutes s'écoulèrent avant qu'il n'aperçût un élargissement de la rue. Ils avaient enfin atteint la place centrale.

La cinquantaine de mètres de diamètre libérait un peu d'espace pour circuler, bien que l'endroit fût vite rempli de spectateurs.

Le roi lumien remarqua l'homme aux longs cheveux châtains en attente devant la lourde porte en chêne du bâtiment. Une mine sombre, des traits tirés, remplaçaient la bonne humeur habituelle d'Esdenorg. Un sourire discret apparut sous la barbe fournie de l'ornésien. Il ne le retrouvait pas dans ses yeux noisette. À l'instar de ses congénères, il possédait une forte carrure, même pour Tendanô et Daikeno qui mesuraient un bon mètre quatre-vingt. D'une nature simple, le monarque d'Orsinaë portait des vêtements faits de peau de phoque pour les bottes et le pantalon et d'une chemise de lin beige, cintrée à la taille par une ceinture en cuir.

Une femme aux longs cheveux blonds s'accrochait à son bras. Tendanô reconnut la symbolique de la tenue de cette dernière. La tunique de laine écrue et la ceinture de coton rouge montraient qu'elle était la Grande Prêtresse, le plus haut rang dans la hiérarchie religieuse du pays. Une position indépendante de son statut de reine.

La vision de ce couple soudé rappela des souvenirs à Tendanô. À l'époque, Esdenorg avait croisé la jeune femme alors qu'il se trouvait en ville. Pendant des jours, il avait parlé d'elle, craint de l'aborder et de se faire éconduire. Être le prince héritier n'influençait pas le cœur des Ornésiennes.

Surtout celui d'une demoiselle destinée à occuper une place de la même importance que celle d'un roi.

Les deux nouveaux venus posèrent pied à terre. Au moment de s'avancer vers leurs hôtes, Daikeno retint son compagnon par le bras.

— Tendanô.

— Oui, je sais.

Lui aussi avait repéré cette odeur. Celle de la mort. Celle de cadavres humains.

Esdenorg approcha. Les deux chefs échangèrent une étreinte fraternelle.

— Tendanô, mon ami, dit l'ornésien d'une voix lasse et faible. Tu ne peux pas savoir combien je suis heureux de te voir. Je suis désolé d'avoir ainsi bousculé tes habitudes.

— Je suis venu dès que j'ai reçu ton message. Mon épouse et des conseillers de confiance se chargent des affaires du pays.

— Je ne doute pas de l'efficacité de l'organisation lumienne. Mais devoir t'éloigner de ta famille n'a pas dû être facile. Tes filles sont jeunes.

Le lumien avait essayé de ne pas y penser durant le trajet. Il serra les dents et chassa de son esprit le mal du pays.

Tout en parlant, les deux souverains s'étaient approchés d'Ingilad. Tendanô baisa la main de cette dernière. L'expression triste de ses yeux bleus s'accordait avec celle de son mari. Elle accompagna leur arrivée d'une bénédiction.

— Sois le bienvenu en Orsinaë, Tendanô, roi de Lumpiaë, protégé de Leydane. Sache qu'en ce lieu, toi et ton compagnon de route êtes aussi sous la protection de Jorgas.

— Merci à toi, Grande Prêtresse. Voici Daikeno, mon chef des Combattants. Mais mon instinct me souffle que vous avez encore plus besoin que nous de protection.

Esdenorg l'observa, l'air grave.

— Vous avez fait un long voyage. Peut-être voudriez-vous vous reposer avant que l'on passe aux choses sérieuses ?

Tendanô le fixa sans rien dire. Le souverain ornésien soupira.

— Très bien. Venez.

Imprimé sur les presses de CreateSpace
Dépôt légal : mai 2017

www.ingramcontent.com/pod-product-compliance
Lightning Source LLC
Chambersburg PA
CBHW060459160726
47992CB00003B/1248